Eine Frauengeschichte

- Part Karla -

für dich

Versprechen

Es klopfte an Karlas Tür. Eigenartig beklemmt drückte sie die Klinke nach unten. Der Spion gab nur Schemen her.
Das mit kleinen Locken umrahmte Gesicht auf der Schwelle versetzte ihr einen Stich.
Die verlorenen, weit aufgerissenen Augen waren voller Liebe und Verlangen. Die Frau rieb sich kaum merklich die Handflächen.
Nervös.
Unbeholfen.
Karla erinnerte sich weder an Namen noch Alter. Nur an diesen Schnee, der in jener Nacht in großen Flocken die Stadt zudeckte. Er ließ den Himmel rosa schimmern, obwohl bereits tiefe Dunkelheit herrschte.
'Ich habe dir nichts versprochen',
flüsterte Karla und schloss leise die Tür.

Universität

Montag. Auf den glatt polierten Böden spiegelte sich das Neonlicht.
Studenten huschten auf leisen Sohlen in ihre Kurse, die wenigen Geräusche hallten verloren ins Nichts.
Die Muster ihrer warmen, bunten Jacken wirkten fast stillos zwischen den einfarbigen Wänden, Türen und großen Fenstern des ehrwürdigen Gebäudes. Leise lächelnd ging Karla langsam durch den ihr bekannten Geruch von Putzmittel und altem Gemäuer,
so wie sie es immer machte, während sie die schuldbewussten Blicke der Nachzügler erwiderte.
Mit Fürsorge.
Hoffnung.
Liebe.

Disco

Grelle Lichter.
Dunkelheit.
Frauen tanzten wie die bunten Farben durch den Raum, gaben sich den hemmungslos lauten Bässen und Tönen der Boxen hin, die wie schwerelos im Raum hingen.
Karla spürte die Hände der Frauen, die wie zufällig ihren Rücken, Po, Bauch und Hüfte berührten. Ihre Nähe, ihren Blick suchten. Sie entzog sich immer wieder, ging weiter, zur anderen Seite der Bar, nahm das Begehren mit sich.
Andere Frauen, neue Blicke und zarte Berührungen. Der Saal leerte sich Tanz um Tanz. Sie ging zur Garderobe.
Mantel.
Treppe.
Kühle.
Allein.

Maisfeld

Die Sonne stand im Zenit. Karla schlängelte sich zielsicher durch die hohen Pflanzen, die akkurat und schweigend in langen Reihen standen.
Sie erreichte die Frau, die schwer atmend und mit glänzenden Augen auf sie wartete. Die Decke fiel auf die Erde. Sie standen dicht voreinander. Ihre Körper bebten. Zarte Küsse wurden sofort wild und leidenschaftlich.
Hosen glitten zu Boden.
Die langen Blätter, die den Mais in den Spitzen umhüllten, lagen wie ein löchriges Dach über ihnen.
Die Frau biss zart in Karlas Hals, während sie selbst die hellblauen Flecken zwischen dem Grün mit ihren Augen in sich aufnahm.
Karlas Knie wurden weich. Sie war im Rausch. Sie drang in sie ein, behutsam, bestimmt.
Das Stöhnen der Frau benebelte ihre Sinne, ließ sie das Leben und die Weite fühlen. Kostbare Wasserperlen rannen ihr über den Rücken.
So standen sie,
verschmolzen,
vereint.
Langsam bewegten sich ihre Körper, bis ihre Beine nachgaben.

Sport

Der Ball pfiff durch die Luft und knallte laut gegen das Weiß des Courts. Ihre Schritte hallten in dem kleinen Raum, ihre Sohlen quietschten durch die kurzen Wechsel ihrer Schritte.
Ihre Freundin traf den Ball in der Mitte ihres Schlägers und gab ihn hart an die Wand zurück. Karla lief ins Leere und fluchte leise.
Sie kämpften verbissen, schenkten einander keinen Punkt,
keinen Millimeter.
Sie spürte den Schweiß auf ihrer Haut und die Kraft ihres Körpers, der sie durchs Leben trug.
Sie lächelte.

Date

Die Frau hing an ihren Lippen, obwohl sie selbst nichts sagte.
Die gesprochenen Worte schwebten im Raum, der gefüllt war mit gierigen Körpern, zu großen Kronleuchtern und dumpfer Musik.
Karla lächelte aus Höflichkeit, was ihr Gegenüber zum Strahlen brachte. Ein unterdrücktes Seufzen legte sich schwer auf Karlas Herz.
Der Abend wurde länger, die Gespräche und der Wein rauschten in ihrem Kopf.
Als sie das Lokal verließen, hatte sie die Wahl.
Ein Blick auf die Uhr ließ Sex noch zu.

Meeting

Das Essen war etwas Besonderes. Die fünf Gänge waren fein abgestimmt in kleine Portionen, der Tisch in Kerzenlicht getaucht. Das braune Holz schimmerte bronzefarben und gab dem Raum ein außergewöhnliches Flair.
Die Menschen lächelten tiefer.
Die Menschen lachten herzlicher.
Karlas Kollegen scherzten und lockerten ihre straff sitzenden Krawatten. Der Abend war ein Erfolg, Zuschüsse wurden gefeiert, Weinflaschen geleert.
Karla ließ sich mitreißen;
lachte,
scherzte,
lächelte.
Doch dies geschah nur im Außen. Ihr Inneres war ruhig und leer. Und wieder fragte sie sich:
'Wie fühlt sich Glück an?'

Nacht

Sie ging zu Fuß.
Eine milde Brise wehte durch die Nacht, ihr Mantel hob und senkte sich leicht.
Die Spannung fiel ab, das Lachen der Kollegen in ihrem Kopf verstummte. Karla lauschte dem Schlaf der Stadt.
Die Stille beruhigte sie,
entschleunigte Herz und Verstand,
verlangsamte ihren Schritt.
Als ihr Telefon die Stille durchbrach, war sie schon fast an der Tür.
'Ich warte auf dich',
erschien auf dem Display.

Namenlos

Die Locken der Frau lagen wild in den Kissen.
Karla griff vorsichtig hinein, fuhr dann mit dem Finger über die Konturen ihres Gesichts.
Das Licht des Mondes schimmerte schwach durchs Glas, spendete nur graue und schwarze Farben.
Trotzdem sah Karla den Schmerz in ihren Augen,
unerfüllte Liebe,
Verlangen,
Sehnsucht.
Karla sank zurück in die Laken, schloss die Lider,
spürte einen kleinen Stich.
'Wie ist mein Name?',
flüsterte die Frau in die Nacht.
Karla wusste es nicht.

Beklemmung

Sie ging zu Fuß.
Unruhig schlug ihr Herz in der Brust. Der Wind hatte nachgelassen und ein schmaler, heller Streifen am Horizont ließ einen neuen Tag erahnen.
Schritt für Schritt lief sie schneller, stürzte fast durch die schmalen Straßen. Kam an Kirchen, Leuchtreklamen, Parkplätzen vorbei.
Eine aufsteigende Beklemmung trieb ihr die Tränen in die Augen, als sie das Brummen in ihrer Tasche spürte.
Ihre Hand umschloss die glatte Oberfläche.
Die Buchstaben leuchteten klar in die Nacht:
'Du brichst Herzen'.

Erstarrt

Die Beklemmung war nicht gewichen.
Wie kaltes Eis lag sie auf ihr,
schwer,
schmerzhaft,
unnachgiebig.
Das Telefon war stumm geblieben, doch noch immer sah sie die Worte klar vor sich,
mit geschlossenen und mit offenen Augen.
Die Tage wurden jetzt länger,
die Sonne wärmer,
doch ihre innere Kälte blieb.
Kein freundlicher Blick ihrer Studenten und keine zärtliche Berührung einer Frau regte ihr Herz.
Sie war erstarrt.

Langeweile

Laut dröhnte die Musik aus den Boxen, ließ ihren Körper vibrieren. Neben Karla, im Halbdunkel, leuchteten sie helle Augen erwartungsvoll an.
Der Alkohol benebelte leicht ihren Kopf, ihr Gang aber war sicher, die Worte klar.
Zwei Blicke und drei Sätze, das hatte genügt. Die Frau sehnte sich nun nach einem Kuss und mehr.
In Karla breitete sich Langeweile aus,
tief,
klar,
lähmend.
Doch waren diese Spielchen zur Zeit das Einzige, was diese Beklommenheit in ihrem Herz für einen Moment erträglich machte.
Karla griff nach der Hand der Frau und zog sie vom Hocker.

Nächte

Karla starrte in die Dunkelheit.
Die Tür war ins Schloss gefallen, nackt lag sie unter dem nun leicht feuchten Laken.
Das Stöhnen der Frau verhallte in ihrem Kopf, wurde leiser und verschwand.
Die Stille, die blieb, war die Nacht.
Hatte sie sonst das Lauschen in die Stille mit Frieden erfüllt, wurde sie nun zur Qual.
Hatte der Schlaf sie einst übermannt, blieb sie nun wach.
Hatten die Träume sie bisher mit auf zärtliche Reisen genommen, waren sie jetzt voller Grauen.
Also lag Karla da, starrte in die Dunkelheit und hoffte, dass in den Fenstern der Häuser die Lichter bald einen neuen Tag verkündeten.

Konferenz

Die Konferenz dauerte sehr lange. Das künstliche Licht schmerzte Karla in den Augen. Sie senkte den Kopf, blinzelte, versuchte dem Redner zu folgen.
Die Frage stand schwer im Raum.
Wer hielt denn nun den Vortrag?
Die Luft wurde stickiger, die Unruhe der Kollegen merklich stärker. Nur mäßig drangen die eloquent gewählten Phrasen in ihr Bewusstsein.
Vortrag.
Hotel.
Nachbarstadt.
Karla seufzte lautlos. Das beharrliche Schweigen der Zuhörer ließ jede Minute zur Stunde werden. Als auch der Dekan in Schweigen verfiel, gab Karla nach.
Ihr Arm schob sich langsam in die Höhe.

Aufatmen

Langsam rollte der Zug aus dem Bahnhof. Ohne Eile blickten Karlas Augen durchs leere Abteil. Das Leder unter ihren Händen war glatt gespannt und weich.
Immer schneller flogen die Häuser hinter dem Glas vorbei, die Flächen der Wiesen wurden größer und weiter, um dann in Wälder überzugehen.
Sie atmete.
Sie spürte, dass sich ihre Brust mit jedem Kilometer freier hob und wieder senkte.
Das Eis auf ihrem Herz begann zu schmelzen,
schweigend,
unbeirrbar.
Die letzten kalten Tropfen vermischten sich mit einigen heißen Tränen der Erleichterung, die Karla nicht unterdrücken konnte.

Vorfreude

Karla schloss die Tür.
Mit einem Lächeln durchschritt sie das akkurat mit Holz und Marmor eingerichtete Zimmer. Durch die großen Fenster konnte die Mittagssonne den weiten Raum durchfluten.
Sie warf sich aufs Bett und fuhr mit den Handflächen über das Weiß des Stoffes.
Sie spürte ihren Atem.
Er war frei und tief.
Karla bemerkte, wie sich ein Lächeln in ihre Augen stahl. Sie stellte fest, dass sie sich auf den Vortrag freute.

Der Vortrag

Das Hotel war gut gewählt, der Saal mit unzähligen roten Polstern bis zum letzten Platz gefüllt. Selbst an den Wänden standen viele Zuhörer, die lächelnd zu Karlas Pult blickten. Sie richtete das Mikrofon und lächelte zurück.
Gespannte Gesichter beobachteten sie im künstlichen Licht. Der Raum war erfüllt von Erwartung und Neugierde.
Sie atmete ruhig.
Sie spürte keine Nervosität.
Die Worte formten sich klar in ihrem Kopf.
Schließlich begann Karla zu sprechen und gab sich ganz der Gegenwart und ihrer Arbeit hin.

Der Blick

Das Publikum zerstreute sich, auf dem Flur nickten die Menschen Karla anerkennend zu.
Sie nahm die nächste Tür, um vor den Blicken Ruhe zu finden.
Im Halbdunkel lag eine Bar, nur wenig Licht spiegelte sich auf dem Tresen aus Marmor.
Plötzlich trat eine Frau aus der Dunkelheit, scheinbar in Eile von Raum zu Raum. Ihre Blicke trafen sich.
Sprachlosigkeit.
Ewigkeit.
Erkennen was ist, ohne zu begreifen.
Die Frau verschwand hinter einer Tür.

Der Abend

Der Barkeeper schenkte nach. Die Atmosphäre der Bar, erfüllt von Tuscheln, Lachen und sanftem Jazz, begleitete Karla durch die Stunden.
Die Frau war nicht wiedergekommen.
Das Holz der Tür, hinter der sie verschwunden war, wirkte kalt und unnachgiebig.
Sie hatte sich nicht mehr geöffnet.
Karla ließ ihr Glas kreisen und beobachtete die helle Flüssigkeit, die am Rand entlang schwappte.
Die Stille in ihr selbst machte ihr Angst.
Es war,
als warte ihr Herz.

Fahrstuhl

Das Hotel hatte zwölf Etagen.
Die Frau, die hinter der schweren Holztür verschwunden war, lehnte im Fahrstuhl mit dem Rücken neben der Tastatur.
Karla streckte den Arm aus und drückte den Knopf.
Ihr Körper beugte sich dabei nach vorn. Langsam schlossen sich die Türen.
Plötzlich war sie ihr so nah.
Keiner rührte sich.
Ihre Blicke tauchten ineinander.
Die Zeit stand still.
Die Luft brannte.
Ein Gefühl von Ewigkeit.
Die Fahrstuhltüren öffneten sich.
Dicht nebeneinander traten sie hinaus.

Ungeküsst

Das Telefon läutete.
Karla suchte das Zimmer mit ihrem Blick ab. Sie griff nach dem ihr fremden Hörer und lauschte dem weichen, ihr unbekannten und doch vertrauten Atem am anderen Ende.
Ihr Herz setzte einen Schlag aus,
bevor es wild gegen ihre Brust zu hämmern begann.
Fest umklammerte ihre Hand das schwarze Stück Plastik.
'Ich bin noch ungeküsst',
hörte Karla sie sagen.
Die Worte drangen in sie,
ließen sie brennen.
Es war wie sterben – und wieder auferstehen.
'Wo bist du?',
presste sie hervor.

Erster Kuss

'Ich bin noch ungeküsst',
hallten die Worte in Karla nach, als sie sich hektisch durch die Menge in der U-Bahn schob. Ihr Mantel war zu warm.
Sie erreichte die Oberfläche und spürte die Kühle.
Ihre Schritte wurden schneller.
Ungeduldig wartete sie auf den Fahrstuhl, um in die Wohnung zu gelangen. Karla richtete ihr Haar mit der rechten Hand und trat dann lautlos an die Schwelle.
Die Frau zog sie herein, schloss hinter ihr die Tür.
Eine innere Hitze und Aufregung durchflutete sie.
Plötzlich stand die Zeit still.
Das Brummen der Autos drang gedämpft zu ihnen hinauf.
Sie schauten sich in die Augen, und sofort fanden sich ihre Lippen,
wie selbstverständlich,
als ob es immer nur sie gegeben hätte.

Abschied

Als der Zug anrollte, schloss Karla für einen kurzen Moment die Augen.
Die Welt begann an den Scheiben vorbeizugleiten, doch sie sah das saftige Grün und die von der Sonne durchtränkte Frische nicht.
Sie sah nur diese eigenartige Leere und Schwärze, die sie bisher nicht kannte.
Sie fühlte das weiche Leder an ihren Unterarmen nicht, nur das stille Brennen in ihrer Brust.
Sie hörte das freundliche Grüßen neben sich nicht, nur das Klagen einer ihr bisher unbekannten Sehnsucht im Herzen.
Das Außen war unsichtbar für sie, und das zog sie in die Tiefe.

Display

Das Glas der Oberfläche war schwarz.
Karla drückte den Knopf, und helle, grelle Farben drangen ihr in die Augen.
Keine Nachricht.
Sie starrte auf das Display.
Nichts rührte sich, nichts blinkte.
Ihr großes leeres Bett verschluckte sie,
sie konnte nicht hinaus,
konnte die Füße nicht nebeneinander stellen.
Das Kissen im Nacken, starrte sie Stunde um Stunde das Handy an. Es blieb stumm, und der Druck auf ihrem Herz wurde stärker.
Sehnsucht oder Schmerz?

Universität II

Jeder Schritt strengte Karla an,
die Flure wirkten länger,
die Studenten lustloser,
das Neonlicht stechender.
Sie betrat den Raum, blickte in die hoffnungsvollen Gesichter und lächelte. Sie lächelte wie immer, doch es fiel ihr schwer.
Die Stunden flossen zäh dahin.
Viele Fragen quälten ihr Bewusstsein, die sie mühsam versuchte, beiseite zu schieben.
Karla machte weiter. Doch die Wissbegierigkeit und dankenden Worte der Studenten, die sonst ihr Herz berührten, prallten jetzt an ihr ab, fielen zu Boden und wurden zu Nichts.

Eine Stunde

Karla setzte hektisch einen Stapel Unterlagen ab und stürzte hinaus.
Sie nahm die überraschten Blicke der Umstehenden mit sich, eilte durch die Straßen, vorbei an den Menschen, gegen den beißenden Wind.
Sie sah auf und starrte auf die Zahlen der Anzeigetafel. In einer Stunde würde sie in weichem Leder sitzen.
Ihr Herz schlug unruhig.
Bei jedem Gedanken an sie, verließ sie ihr Verstand.
Und in diesem einen kurzen Moment, inmitten der vorbeiströmenden Menschen, der bellenden Durchsage und der Gerüche der Imbissstände, wusste Karla:
sie war verloren.
Paula war ihr Glück - oder ihr Verderben.

Die Klingel

Karla zögerte.
Inzwischen hatte sich die Nacht über die fremde Stadt gesenkt. In Dunkelheit gehüllt, las sie das Klingelschild. Die Hitze in ihrem Körper ließ sie den Mantel aufreißen.
Sie rang nach Luft.
Aber das Brennen in ihr wurde nur noch stärker.
Sie kniff die Augen zusammen,
Schwindel drohte sie zu übermannen.
Sie lehnte sich kurz an das schmutzige Holz,
hielt inne,
holte tief Luft.
Kühle strömte durch ihre Lungen.
Dann drückte sie den Knopf.

Zarte Berührung

Laut und wild drängte sich der Film in ihr Bewusstsein.
Die Bilder flimmerten vor ihren Augen.
Karla konnte ihnen nicht folgen. Die Schwärze im Saal verschluckte das Publikum.
Paula, deren Arm sie hin und wieder kurz berührte, reichte ihr ihren letzten Schluck Wein. Sie griff von unten nach dem Glas und sah Paulas Hand, die der ihren näher kam.
Ihre Hände berührten sich und wurden ganz ruhig.
Sie hielten beide das Glas.
Karlas Körper bebte.
Schwindel.
Nach außen zeigte sie keine einzige Regung. Nur ihr Daumen begann zart Paulas Haut zu streicheln.

Parkplatz

Auf dem Parkplatz standen nur wenige Fahrzeuge.
Sie krochen auf die Rückbank des Wagens.
Die Türen fielen zu.
Stille.
Karla lag an die Tür gelehnt, quer über den Sitzen, Paula halb auf ihr und drückte sich in ihren Arm.
Karla blickte durch das Fenster im Dach.
Schwere Wolken streiften langsam am Schwarz des Himmels entlang. Sie lauschte Paulas Atem, der von Minute zu Minute ruhiger wurde.
Sie sprachen kein Wort.
Die Wolken zogen weiter, der Atem von Paula wurde tiefer. Karla spürte, dass sie eingeschlafen war.
Sie hielt sie.
Küsste lautlos ihr Haar.
Schaute in den Himmel.
Fühlte das Jetzt.
Glück.

Gefährlich

Der Motor zerriss die Stille, das alte Auto rollte langsam durch die leeren Straßen.
Karla wollte nicht ankommen,
nicht die Treppe hinabsteigen,
den Zug einfahren sehen.
Laternen säumten den schwarzen Teer, das Licht verirrte sich kaum in das Innere des Wagens.
Einzelne helle Flecken huschten über ihre Hand, die Paulas suchte. Zart fuhr Karla mit dem Finger über ihre Haut, so wie sie es im Kino getan hatte.
Paula stoppte den Wagen nach der Ampel, drehte sich zu ihr.
Ihre Blicke versanken ineinander, Paula drückte sich gegen die Tür,
sie wirkte fassungslos,
sprachlos.
Die Stille der Nacht ließ nur das leise Bangen ihrer Herzen hören.
'Was wir hier tun ist gefährlich',
flüsterte Paula.

Fahrten

Die Erste beim Einsteigen.
Die Erste beim Aussteigen.
Karlas Herz begann heftiger zu schlagen, als der Zug den Bahnhof verließ, als die Wiesen zu Wäldern wurden und dann in Felder übergingen; und setzte aus, als sie plötzlich das Dunkel der Halle, das Ende des Gleises, sah.
Das Rauschen verebbte, als sie durch die Straßen zu Paulas Wohnung schritt, ihre Beine drohten nachzugeben, als sie die letzten Stufen zu ihrer Tür erklomm.
Zwei Welten.
Tag um Tag.
Nacht um Nacht.
Zwei Städte. Zwei Leben. Zwei Herzen.
Einsamkeit.
Vollständigkeit.
Alles im Hier.
Alles im Jetzt.

Ich schlafe mit dir

Langsam glitt Karla in sie hinein, hielt kurz inne,
sah ihr in die Augen,
küsste ihre Lippen.
Sie spürte den warmen weichen Körper von Paula unter sich, ihr Schoß schob sich ihr leicht entgegen.
Sie spürte Fingernägel in ihrem Rücken und lauschte dem Stöhnen, das sie brennen ließ.
Karla fing an, sich zu bewegen,
ihre Körper verschmolzen,
sie fühlte, wie Paula ihre Arme um sie schlang,
sich an sie drückte,
sich ganz dem Moment hingab, dem Sein und ihren Gefühlen.
Karla war überwältigt von diesem Augenblick und spürte die Tiefe der Worte, die Paula ihr ins Ohr flüsterte:
'Ich schlafe mit dir'.

Kein Wort

Um sie herum nur Stille.
Karla streckte ihren Arm auf dem Rücken liegend aus und Paula legte sich wie selbstverständlich hinein.
Sie rückte näher zu ihr,
bettete ihren Kopf,
schloss die Augen.
Karla fühlte, wie Paula innerlich seufzte vor Glück und dem Gefühl von Geborgenheit.
Sie hörte ihren Atem, als sie sich noch enger an sie drückte und spürte, wie dann die Spannung aus ihrem Körper wich.
So lagen sie in der Stille.
Karlas Kopf war leer.
Kein Wort hätte diesen Augenblick beschreiben können.

Morgen

Sonnenstrahlen fielen auf Karlas Gesicht.
Sie blinzelte.
Paula lag schlafend in ihrem Arm.
Ihr Atem war tief und gleichmäßig.
Das Leuchten der weißen Regale und der polierten Spiegel ließ den Raum größer wirken.
Karla hatte ihn bisher nie bei Tag gesehen.
Afrikanische Figuren aus schwarzem Holz blickten versonnen ins Nichts, und der alte, grüne, mit Schnitzereien verzierte Kleiderschrank stand mächtig vor dem Beige der Wände.
Eine leichte Brise wehte still durch das gekippte Fenster herein und fuhr durch Paulas Haar.
Da öffnete sie die Augen.

Es geht nicht

Karla erstarrte.
Paulas Augen waren vor Entsetzen geweitet. Karla konnte sich nicht bewegen, nicht begreifen, was gerade geschah. Sie sah, wie sich Paula aus ihrem Arm wand und nackt aus dem Bett auf die Füße sprang.
Mit hektischen Schritten floh sie zur Tür, wo ihre Kleidung zerstreut am Boden lag. Sie zerrte ihr enges Shirt über den Leib und blickte Karla dann an.
Karlas Atem setzte aus,
ihr Herz lag reglos in ihrer Brust.
Waren ihre Lippen nur drei Schritte voneinander entfernt, so fühlte es sich doch an, als ob sie sich nie berührt hätten.
'Es geht nicht',
flüsterte Paula.
Die Worte standen im Raum,
verharrten,
verformten sich zu scharfem Stahl
und stachen mitten in Karlas Brust.

Weg

Es wurde Nacht.
Die Stadt stopfte die Menschen in ihre Häuser und feine Tropfen aus schweren Wolken, die zügig vorüber zogen, benetzten die Dächer.
Karla spannte den Schirm auf.
Sie ließ die Welt ihre Tränen weinen, die fast lautlos auf den Stoff fielen. Ihre Schritte waren ruhig. Das Schmutzwasser auf dem Asphalts spritzte ein wenig an ihren Fersen hoch, und sie spürte die angenehme Nässe an den Waden.
Sie lief durch die schweigende Nacht ohne den Blick zu heben. Es war nicht wichtig, wo sie war, sie wollte nur weg.
Von sich selbst.
Von den Geschichten und den Gefühlen,
mit denen ihr Verstand sie in einen Schmerz stieß,
der sie ohnmächtig werden ließ.

Tag um Tag

Das Morgenlicht traf auf ihre geschlossenen Augen.
Es wurde heller und heller, das Bild von Paula vor ihr immer klarer.
Ihre Konturen waren scharf,
ihre Augen strahlten,
ihr Lächeln ohne Worte.
Plötzlich verschwamm Paulas Bild.
Ihre Schönheit verzerrte,
ihr Lachen verwischte sich.
Sie öffnete ihre Augen, sah das Blau des Himmels undeutlich durchs Glas und ließ den Tränen ihren Lauf, die sich ihren Weg bahnten und lautlos in die Kissen fielen.

Sehnsucht

Sie wusste nicht, dass es möglich war, mit so einer Sehnsucht zu leben.
Die Welt drehte sich einfach weiter, obwohl in ihr alles wie gelähmt war.
In ihr schwieg alles.
Keine Bewegung.
Kein Geräusch.
Nur das schmerzhafte Brennen in jeder Faser,
in jedem Winkel.
Um sie herum Leben, Musik, Freude. Doch in ihr stand die Zeit still.
Ihr Schmerz hielt an, und immer wieder war sie verwundert, dass ihr Herz einfach weiter schlug, dass sich ihr Brustkorb hob und senkte zum Atmen.

Endlos

Sie sah die Silhouette ihres nackten Körpers unter dem Schaum, der die Oberfläche bedeckte.
Ihre Tränen verloren sich im Wasser, als hätte es sie nie gegeben.
Sie liefen einfach,
benetzten ihre Wimpern, Wangen, ihren Mund.
Die Sehnsucht schien endlos,
war endlos.
Nichts wurde besser, leichter oder angenehmer.
Die Tiefe des Schmerzes erschreckte sie, obwohl sie es gewusst hatte.
Schon immer.
Seit dem ersten Kuss,
seit sich ihre Lippen das erste Mal fanden und sie diese unbekannte Hitze in sich gespürt hatte.

Kummer

Die Tage wurden kürzer zwischen den Wellen,
zwischen den Tiefen,
zwischen den Abgründen.
Zu plötzlich erfasste sie der Kummer, riss sie mit sich fort,
ertränkte sie.
Die Sehnsucht nach Paula zeigte ihr Welten mit Sonne, aber ohne Licht.
Welten mit Luft, die man nicht atmen konnte.
Welten mit Wasser, das das Brennen in ihrem Herz nicht kühlte.
Abrupt ließ der Kummer sie fallen,
spuckte sie aus.
Erschöpft vergrub sich Karla in den Laken, doch sie wusste, er kommt zurück, um sie mit sich zu nehmen.
Immer und immer wieder.

Liebeskummer

Überall Nebel,
Dunst,
Düsternis,
obwohl am Himmel keine Wolke stand. Die Sonne strich über Karlas Haut, doch die Strahlen wollten nicht in ihr Herz gelangen.
Der Schmerz,
die Sehnsucht
hatten es erstürmt, erobert, besetzt.
Jeder Schritt,
jeder Atemzug,
jedes Lächeln wurde schwer.
'Komm bitte, befreie es mit deiner Liebe',
flehte sie stumm und vergrub sich in dem Schal, den Paula einst mit ihrem Parfum besprüht hatte.

Unerfüllt

Nackt lag sie da. Der Orgasmus verebbte. Doch ihr Körper bebte weiter.
Tränen fielen aufs Kissen,
Karla bewegte sich nicht und ließ sie gewähren.
Jeder Orgasmus ohne Paula fühlte sich gleich an.
Tief.
Unerfüllt.
Sehnsucht.
Schmerz.
Sie starrte zum Fenster hinaus,
ins Blau des Himmels.
Sie fragte sich, ob Paula zu ihr kommen würde. Ob sich der Schlüssel im Schloss drehen würde, ob sie sich auf sie legen und sie Paula je wieder
spüren,
küssen,
riechen,
lieben würde.

Der Schal

Karla ging nackt durch den Flur. Ihr Blick blieb auf
dem Schal ruhen, der nach Paulas Parfum roch.
Zögernd blieb sie stehen.
Griff nach ihm,
hielt inne.
Sie hatte Angst.
Angst davor, ihn an ihr Gesicht zu drücken,
die Augen zu schließen und zu riechen.
Dann wäre Paula da, hier bei ihr.
Würde ihre Arme von hinten um sie schlingen und
ihren Nacken küssen.
Karla blickte noch immer auf den Schal,
ging dann aber weiter.

Der Schal II

Karla trat in den Flur, griff zielstrebig nach dem Schal, warf sich aufs Bett und drückte ihn in ihr Gesicht.
Plötzlich war sie da.
Karla konnte sie riechen,
fühlte ihre Haut,
ihre Lippen an ihrem Hals,
hörte ihr Lachen.
Wie eine Woge breitete sich die Liebe durch ihren Körper aus und ließ Licht in ihr Herz und in ihre Augen.
Sie sah und fühlte das Leben in diesem Augenblick mit Paula an ihrer Seite.
Ja.

Winter und Sommer

Der harte Beton unter ihren Füßen fühlte sich an wie Wolken.
Die Gewalt des Wintersturms umgab sie wie eine warme Brise.
Die Flocken benetzten sie wie Sommertau.
Ihre Liebe zu Paula strömte durch sie selbst hinaus in die Welt,
ließ den Nebel sich lichten,
die Menschen durch die Straßen tanzen und in allen Farben leuchten.
Ein Gedanke an sie,
und aus Winter wurde Sommer.

Erfüllt

Schritt für Schritt lief sie durch die friedliche, morgendliche Dämmerung.
Die Schultern nach oben gezogen,
die Ohren in den Kragen gehüllt.
Ihr Atem dampfte ins Halbdunkel.
Sie war ganz bei sich und spürte, dass Paula da war, in ihr, um sie.
Funkstille.
Doch so fühlte es sich nicht an.
Sie war immer da, kam in ihre Träume, verweilte am Tage und ging dann, nur um wiederzukommen.
Sie wusste nichts von ihr, nicht was sie tat, dachte oder fühlte.
Sie wusste nur, dass sie erfüllt von ihr war und dass die süße Sehnsucht sie durch die Kälte gehen ließ und dabei wärmte.

Bahngleis

Der Zug fuhr erst in zwei Stunden. Das Bahngleis war noch leer. Sie wartete.
Der Wind trieb die Wolken am Himmel vor sich her, das Wasser von den Scheiben und den Tau vom Gras. Doch ihre Tränen blieben auf ihren Wangen, in ihren Augen. Jede einzelne prall, glänzend.
Voller Sehnsucht,
Liebe,
Unendlichkeit,
Trauer,
Schmerz,
Licht,
Hoffnung,
Glaube,
Frieden.
Liebe, Unendlichkeit, Licht, Glaube, Frieden strömten in die Welt. Den Rest schob der Wind davon. Er sickerte zwischen die Steine des Asphalts.

Tiefgarage

Karla schlüpfte in die Tiefgarage des Hotels. Sie suchte Paulas Auto. Ihre Augen gewöhnten sich an das schwache Licht, und als sie es entdeckte, fuhr ihr Blick liebevoll über den grünen Lack, der ihr Geschichten über Augenblicke des Glücks erzählte.
Sie wartete.
Eine Tür öffnete sich. Karla drehte sich um und starrte in die Dunkelheit.
Wartete.
Die schwere Eisentür krachte ins Schloss. Paula ging auf sie zu.
Schritte hallten.
Das Hallen wurde schwächer, der Sturm in Karlas Herz heftiger, wild und um sich schlagend.
Ihre Beine drohten nachzugeben. Paulas Schönheit ließ sie aufhören zu atmen,
aufhören zu blinzeln.
Karla konnte ihr Glück nicht fassen, dass eine Frau sie so sprachlos machte.

Nimm mich

'Nimm mich von hinten',
flüsterte Paula und drehte sich auf den Bauch.
Karla richtete sich erregt auf,
Begehren,
Verlangen,
wilde Gier.
Paula öffnete ihre Beine und schob ihr Becken zu Karlas Schoß. Karlas Unterleib bebte, ihr Herz raste.
Sie umfasste die Hüften dieses unbeschreiblichen Geschöpfes. Sie konnte den Blick nicht abwenden.
Sie ergötzte sich an diesem makellosen Rücken,
dem wunderschönen Po.
Ganz langsam zog sie Paula zu sich und drang in sie ein.
Ihr Aufstöhnen ließ Karla fast schon kommen.

Schweigen

Sie schwiegen.
Einzelne salzige Wasserperlen glänzten auf ihren Körpern.
Das Beben verebbte, ihr Atem wurde ruhiger.
Nackt lagen sie aneinander,
wagten nicht, sich anzusehen,
zu sprechen.
War ihr Paula eben noch ganz nah, so lag nun in der Berührung ihrer Hände nur Ferne.
Sie entglitt ihr, ohne dass sie sich bewegte.
Karla sah, wie Paula verschwand,
ohne einen Blick,
ohne ein Wort.
So lagen sie bis in die Dämmerung.
Karla war allein.

Abschied

Der Reißverschluss surrte in der Stille.
Karla blickte zu Paula, die Tür der Trennung im Rücken. Ihre Hand ergriff die Klinke.
Paula suchte Halt am Holz,
gefangen in ihrem Denken und ihrem Fühlen.
Paulas Oberkörper bebte,
ihre Augen schrien,
ihr Herz weinte lautlos, doch sie sprach nicht.
Kein 'bleib',
'warte',
'ich will dich' -
Nichts.
Nur ein stilles Flehen ohne Worte.
In diesem endlosen Augenblick wurde Karla bewusst, dass Paula sie nicht glücklich machen konnte.
Ihre Hand spannte sich an und drückte die Klinke hinunter.

Raus

Karla blickte aus dem Fenster.
Monate waren vergangen.
Einzelne Wolkentürme standen unter ihr regungslos im Nichts und versperrten die Sicht auf die braunen und grünen Quadrate, die sich um Ansammlungen von Häusern erstreckten.
Das Abendrot am Horizont zog purpurne Streifen.
Sie sah keine Menschen, keine Autos, nur die grenzenlose Weite der akkurat gestanzten Flächen.
Sie fühlte sich allein und entfernt von allem.
Und das erste Mal seit sehr langer Zeit, fühlte sich das gut an.
Sie war innerlich frei von ihrem Schmerz.

Urlaub

Schöne Frauen mit gebräunten Körpern gingen mit leichten Schritten durch den Sand.
Ihre Füße hinterließen feine Spuren, die dann das Wasser überspülte.
Karla blickte umher.
Lange schmale Schatten glitten über ihre Schenkel.
Sie blinzelte gegen die gleißende Sonne und bekam tiefe Blicke.
Dunkle Augen, blaue Augen, grüne Augen.
Wunderschöne Gesichter, makellose Körper.
Lust durchzuckte ihren Körper. Überrascht sog sie scharf Luft ein.
Dann lächelte sie.
Das Aufblitzen in den dunklen Augen, die sie ansahen, ließ sie kurz erschaudern.

Sommernacht

Die laute Musik des Festes glich der Brandung des Meeres. Einige Lichtstrahlen fanden den Weg vom Haus zum Strand.
Karlas nackte Füße gruben sich in die Kühle des Sandes.
Sie erkannte die Umrisse zweier Frauen.
Ihre Körper pressten sich aneinander, mit festen leidenschaftlichen Griffen suchten sie Halt und Nähe. Das leise Stöhnen wurde vom Rauschen des Meeres fast verschluckt.
Karla blickte zu ihnen. Die beiden zu ihr.
Sie grinsten.
Hoben die Hand zu einem vorsichtigen Gruß. Die Frauen nahmen sich bei den Händen und gingen los, ohne Karla aus den Augen zu lassen.
Ihr Körper setzte sich in Bewegung. Sie ging ihnen nach.

Drei

Sie ließen die Tür offen. Die Veranda zum Strand war von einem feinen Teppich aus Sand bedeckt.
Karla stieg lautlos die zwei Stufen hinauf und trat ein.
Eine Lampe erhellte die wenigen Möbel, die sich klein und weiß an den Wänden verloren. Die braunhaarige Frau schob die blonde vor sich her, drückte sie sanft und bestimmt in die Kissen und begrub ihren Körper unter sich.
Ein leichtes Aufstöhnen drang aus Karlas Kehle.
Sie hielt sich die Hand vor den Mund.
Sie war erregt.
Stille.
Das Rauschen des Meeres hallte leise von Wand zu Wand, als Karla sah, wie die ausgestreckten Hände der beiden Frauen sie dazu baten.

Morgen

Karla trat auf das feuchte Holz vor der Tür.
Sie spürte das Lächeln der Frauen im Rücken. Die Frische der Nacht und das beginnende Brennen der Sonne trafen in ihrem Herz aufeinander.
Lust und Hitze.
Sie sah, wie die Wellen den Sand glätteten, wie sie vorstießen und sich zurückzogen,
gleichmäßig,
ruhig.
Schirme wurden aufgespannt,
Handtücher auf Liegen geworfen.
Sie sprang von der Veranda. Sie genoss die Ruhe in ihrer Brust und die Leichtigkeit beim Atmen, beim Gehen.
Ihre Schritte hinterließen Abdrücke im Sand, bis der Wind sie forttrug.

Wassertropfen

Kalte Tropfen landeten auf ihrem heißen Rücken.
Die Liege stand tief im Sand, in dem ihre Hände vergraben waren.
Karla erschrak nicht mehr.
Die Frauen kamen und gingen.
Mit einem Lächeln, Necken, Forschheit.
Karla drehte sich um, blickte in strahlende graue Augen und schluckte.
Nasses schwarzes Haar umrahmte gleichmäßige Gesichtszüge. Das Sonnenöl glänzte auf dem Braun ihres Körpers.
'Ich bin Lucia',
sagte die Frau etwas verlegen und entblößte weiße Zähne hinter rosa weichen Lippen.
Karla schluckte wieder und erhob sich langsam.

Dankbar

Sie starrte an das Weiß der Decke.
Das schöne Geschöpf lag mit geschlossenen Augen in ihrem Arm. Das dünne Laken bedeckte nur zum Teil ihre Körper. Lucias langer schmaler Schenkel lag quer über ihren Beinen.
Karla spürte das Leben, das der Wind ins Zimmer trieb,
das das Meer an den Strand spülte und die Sonne strahlen ließ.
Sie fühlte, wie ihr Herz ruhig in ihrer Brust schlug.
Kein Verlangen.
Kein Schmerz.
Keine Rastlosigkeit und Ohnmacht.
Nur Ruhe.
Karla lächelte, küsste Lucias Schopf, wand sich langsam aus dem Bett und griff nach ihrem Shirt.

Neuanfang

Karla rollte den Koffer ins große Zimmer.
Die Räder rumpelten hart übers Parkett. Sie riss die Fenster auf und sog die feuchte Luft ein, die der Regen hinterlassen hatte.
Achtlos warf sie die Post auf die Polster.
Ein Brief fiel zu Boden.
Karla hob ihn auf und starrte auf das Kuvert. Sie fuhr mit den Fingern zart über das Schwarz der Buchstaben.
Sie legte ihn auf den Tisch, dann badete sie, räumte auf und wusch das Salz aus den Kleidern.
Der Brief blieb liegen,
still,
beige mit schwarzen Lettern,
das Papier schwer und rau, bis die Dunkelheit der Nacht ihn unsichtbar machte.

Am Fenster

Karla beobachtete die trübe Flüssigkeit im Glas. Sie saß in einem Sessel versunken am Fenster.
Sie blickte auf,
starrte durch den Raum auf das offene Kuvert.
Das Din-A4-Blatt lag ruhig daneben,
unzählige Buchstaben,
am Briefkopf schimmerte eine kurze Prägung in zartem Gold.
Der Inhalt hallte in ihrem Kopf, verformte sich zu Fragen und blieb dann bewegungslos im Raum.
Karla nahm einen Schluck, hielt das Glas gegen das Sonnenlicht.
Sie fuhr mit den Augen die matten Schlieren ab, die sich längs auf dem Glas schlängelten.
Nichts war klar, nichts war ohne Schatten.
Und doch wollte sie es wagen, drängte es sie, spürte sie, sie wollte es.
Sie nahm den Job an.

Neuanfang II

Ein scheinbar endloser Regenbogen spannte sich quer über den Himmel.
Sonnenstrahlen fielen neben breiten Wasserlachen auf den Beton.
Karla blinzelte.
Kräftige Arme packten zu, hoben ihre Möbel an, senkten und entspannten sich, um dann von vorn zu beginnen.
Autos mit gestressten Fahrern fuhren schimpfend um sie herum.
Umrundeten den großen Laster, dessen Planen viele Geschichten erzählten.
Alte Möbel, neue Möbel, Trennung, Verlust, Hoffnung, Sehnsüchte, Neuanfang.
Welche Geschichte würden sie über sie erzählen?
Sie spähte ins Halbdunkel des Inneren.
Neuanfang.

Berührt

Die Stadt hatte viele schöne Frauen.
Die Feste waren bunter, heller und lauter.
Karla genoss das Treiben in den Straßen, die überall von Lautsprechern gesäumt waren. Sie trugen die Musik in jeden Winkel;
Musik, zu der die Menschen tanzten,
lachten,
lebten.
Sie gab sich dem hin.
Dem Leben in dieser tanzenden Stadt,
dem Rhythmus der Frauen,
den offenen Türen.
Aber auch wenn sie das 'Ja' zum Leben in allen Gassen rührte, so berührte doch keines ihr eigenes Herz, so wie Paula es getan hatte.
Sie war dankbar dafür.

Maskenball

Das Licht des Lokals traf die Frau im Eingang und warf ihren langen Schatten bis in die Dunkelheit.
Die Frau suchte Karla mit ihren Augen. Sie waren durch ihre Maske nur zu fühlen.
Karla nahm sie ganz deutlich wahr, inmitten der vielen Menschen, die zwischen ihnen standen.
Plötzlich begann die Frau zu lächeln,
hemmungslos,
hingebungsvoll.
Als Karla fremde Blicke spürte, gefror ihr Lächeln.
Doch die Frau lächelte einfach weiter,
tief aus dem Herzen;
sie sprach nur mit ihr.
Karla begann wieder zu lächeln, ihr Herz brannte, ihre Augen strahlten. Plötzlich durchfuhr es sie. Für einen Augenblick erstarrte sie.
Paula?
Karla rang nach Atemluft, drängte sich durch die Frauen hindurch zum Eingang, doch sie war verschwunden.

Aufregung

Sie lassen sich von der Menge zur Bahn schieben.
Sie weicht Paula keinen Millimeter von der Seite,
ihre Körper gehen dicht beieinander.
Immer wieder kann Karla ihr den Arm um die Hüfte legen, um durch die Menschenmenge den Weg zu finden. Paula blickt immer wieder zu ihr hoch, schaut ihr mit ihrem wunderschönen Blau in die Augen.
Es schaudert Karla.
Sie lachen kurz, immer wieder,
voller Spannung,
Aufregung,
Unbeholfenheit.
Die Zärtlichkeit des Augenblicks mit den tausend Lichtern, Menschen und Geräuschen um sie herum lässt sie wünschen, ihr Ziel nie zu erreichen.
Schweißgebadet wachte Karla auf.
Schmerz sickerte langsam in ihr Herz. Sie blinzelte ihre Tränen fort und fand nicht mehr in den Schlaf.

Träume

Die Träume kamen öfter.
Die Abstände wurden kürzer, die Tränen mehr und der Schmerz blieb in ihrer Brust.
Sie spürte Paula überall.
In den Fluren der Universität,
im satten Grün der Gärten,
in den vollgestopften Bussen.
Sie flüchtete nachts in düstere Clubs und gab den Avancen der Frauen nach, sammelte morgens ihre Kleider von fremden Fußböden.
Sie wusste sich nicht zu helfen.
Konnte es nicht begreifen. War gefangen.
Begann zu horchen,
zu lauschen,
in sich hinein und um sich herum.
Ihr Herz klagte, schrie und stöhnte.
Doch so hart, so wild, so sanft es auch schlug,
Karla wusste,
es schlug nur für Paula.

Die Türen

Tür um Tür verschloss sie, um dem, was dahinter war, zu entkommen.
Sie presste sich dagegen, schloss ab, warf sich gegen die nächste, drehte den Schlüssel.
Immer weiter,
Tür um Tür.
Tag für Tag.
Nacht für Nacht.
Karla spürte, wie ihr Atem wieder etwas tiefer wurde, sie etwas Ruhe fand, als plötzlich ein falscher Gedanke ihr erneut den Verstand raubte.
Sie fiel,
landete auf den Knien und starrte mit offenem Mund auf das, was passierte.
Mit einem Ruck sprangen alle Türen aus den Angeln, und sie sah sie auf sich zukommen.
Eine Welle der Sehnsucht, die sich nicht aufhalten, die alles wieder lebendig werden ließ, was kaum auszuhalten war.
Verlangen,
Begierde,
die Sehnsucht nach Nähe, ihrem Körper, ihrem Lachen, ihrer Gegenwart.
Liebe.

Traum

Karla sieht sie in der Menge. Blicke heften sich an ihre Schönheit, an ihr blondes Haar und die blauen Augen. Frauen versuchen, ihre Aufmerksamkeit zu erhaschen, sie selbst ist nur eine von vielen, die sie durch die Menge hindurch anstarrt.
Die Dämmerung des Abends bricht herein, Lichter tanzen wie Musik durch die Straßen, doch ihr Strahlen, ihre Schönheit, ist hell wie der Tag.
Ihr Körper ist ihr zugewandt und als Karla wieder dem Impuls nachgibt, in ihre Richtung zu schauen, blickt sie ihr direkt in die Augen.
Die Tiefe ihres Blickes lässt ihre Knie nachgeben.
Karla fühlt, dass sie nur bei ihr ist, nur sie will und dass sie nur dort steht, ihr Körper nur so gewandt ist, damit sie sie jetzt anschauen kann.
Ihre Augen sprechen nur mit ihr, lautlos formen sie die Worte:
'Ich liebe dich'.

Rhythmus

Der Rhythmus bewegte Karlas Körper, alle Fasern und Muskeln. Sie ließ die Frau über die Tanzfläche schweben. Karlas Augen waren halb geschlossen, die Musik zeigte ihr den Weg. Die Frau drehte sich unter Karlas Arm hindurch, als Karla der Atem stockte.
Sie riss ihre Augen auf, roch Paulas Parfum und drehte den Kopf in alle Richtungen.
Sie war nicht da.
Ihr Atem beruhigte sich,
die Lider senkten sich,
sie fühlte Verzweiflung darüber, weil eine Frau so roch wie Paula.
Karla versuchte sich wieder der Musik hinzugeben, als ihr Duft sie erneut berührte. Sie wirbelte die Frau herum, und für den Bruchteil einer Sekunde stand die Zeit still.
Ihre Blicke trafen sich,
die Tiefe in Paulas Augen,
das unsichtbare Lächeln um ihre Lippen,
es galt nur ihr.
Sie drehten sich weiter, jede führte eine Frau, und das schaffte Distanz, obwohl sie gerade vereint waren. Und wieder wusste Karla genau,
sie war verloren.

Paula

Karla stürzte die Treppen hinauf.
Die Kälte der Nacht erschreckte sie, kühlte ihren erhitzten Körper. Der Bass aus den Boxen ließ den Beton unter ihren Füßen leicht vibrieren.
Sie hörte nichts, sah nichts.
Sie stand allein zwischen dem Zigarettendunst, den vielen Frauen und den klirrenden Flaschen.
Plötzlich war Paula da. Sie lächelte.
Karla zuckte zusammen,
lehnte sich an die Mauer,
konnte nicht klar denken.
Anklagende Fragen, Worte der Empörung, Forderungen nach Erklärungen.
Doch nichts davon kam ihr über die Lippen.
'Meldest du dich?',
presste Karla hervor.
Paula nickte.
Mit letzter Kraft drehte sich Karla um, ging los und verschwand in der Nacht.

Warten

Das Display blieb schwarz.
Karla drückte das Handy fest an sich, ließ es nicht los. Legte es vor sich, schaute ins Leere, im Augenwinkel das Display.
Ihr Herz tat weh, sehnte sich. Verzweiflung und Ohnmacht kroch ihr in die Glieder.
Sie konnte nichts tun,
nichts beschleunigen,
nichts verändern.
Nur hoffen.
Bangen.
Warten, dass das Handy vibrierte.
Sie schalt sich ihrer Dummheit,
ihrer Hoffnung, ihres Glaubens.
Die Zeit dehnte sich bis zur Unendlichkeit,
kein Platz zum Atmen,
Lächeln.
Alles in ihr und um sie herum war erfroren. Überall dieser graue Schleier über der Welt, in die sie verzweifelt wieder hinein zu kommen versuchte.
Sie fühlte sich so weit weg.
Gefangen im Schmerz, im Warten, im Nichts.

Nachricht

Ihr Herz war ruhiger geworden.
Keine Clubs.
Keine Feste.
Keine Frauen.
Weniger Warten.
Abfinden mit dem, was war.
Stille.
Stille, um atmen zu können.
Stille, um sich wieder zu spüren.
Stille, um den Schmerz loszulassen.
War er lange das Einzige, was sie von Paula hatte, wollte sie ihn nun gehen lassen.
Ließ ihn gehen.
Stück für Stück. Langsam. Bestimmt.
Sie fühlte sich selbst wieder. Sah die Lebendigkeit des Lebens, der Gegenwart.
In die Stille hinein vibrierte ihr Handy. Auf dem Display leuchtete:
'Nachricht von Paula'.

Das Fenster

An den Pfosten gelehnt, ließ sie sich von der Sonne den Nacken wärmen. Plötzlich erschien auf ihrem Handy eine Nachricht:
'Ich seh' dich'.
Ruckartig hob sie den Kopf und starrte die Fenster an. Eines war komplett mit einer Jalousie bedeckt, die sich zu bewegen begann.
Erst in die eine Richtung, dann in die andere, dann fuhr sie langsam hoch.
Karla erkannte ihre Konturen, obwohl sich die Sonne im Glas spiegelte. Sie sah ihr Strahlen, obwohl Paula im zweiten Stock stand. Sie konnte das Glück in ihren Augen sehen, obwohl sie sie nicht scharf erkennen konnte, aber es umgab sie wie ein Schleier.
Langsam hob Paula ihre Hand, und es wirkte, als drücke sie die Handfläche an das Glas.
Der Moment wurde zur Ewigkeit.
Karlas Herz schlug heftig.
Plötzlich war Paula hinter der Scheibe verschwunden. An den Pfosten gelehnt, spürte Karla immer noch ihr Herz.

Briefpapier

Karla blickte aus dem Fenster. Sah den Pfosten, an dem sie gerade eben noch gelehnt hatte.
Sie hörte das Ploppen eines Korkens hinter sich, gefolgt von Gläserklirren.
Karla drehte sich herum und ließ den Blick durch den Raum schweifen. Sie sah fast nichts, konnte sich nicht konzentrieren.
Sie war erschöpft, angespannt, euphorisiert, voller Fragen, Sehnsucht und Erregung.
Plötzlich blieb ihr Blick an etwas hängen. Sie trat zu einem alten Sekretär aus Mahagoni. Auf ihm lag Papier mit passenden Kuverts.
Beige.
Schwer.
Rau.
Am Briefkopf schimmerte eine kurze Prägung in zartem Gold.
'Wieso bist du in dieser Stadt?',
fragte Karla in die Stille.
Sie spürte Paulas Atem im Nacken.
Ihre Arme schlangen sich um ihren Körper. Und wieder war das dieser Moment. Karla vergaß alles um sich herum, jeden Gedanken, jedes Wort.
Sie tauchte ein ins Leben.

Eins

Paula betrat den Raum, wirkte erleichtert darüber, dass Karla hier bei ihr war; dass sie da war, immer wieder gekommen und nicht fort geblieben war.
Karla fühlte Angst, Zweifel, Zerrissenheit.
Paula kam auf sie zu, sofort erregt, immer wieder überrascht, was Karla in ihr auslöste. Sie legte sich zu Karla, stürzte in ihre Arme.
Sie atmeten die Ferne und Fremde der vergangenen Zeit, die nun sofort erlosch, als hätte es sie nicht gegeben.
Karla lag still. War überwältigt von dieser Frau, von dem Sein mit ihr. Sofort fanden sich ihre Lippen, jede Sekunde erschien kostbar,
durfte nicht verschwendet werden in dieser Zeit des Umbruchs, des gefühlten Chaos' und Auflösens.
Die Küsse waren sofort wild, leidenschaftlich, ohne Hemmungen.
Nur Hingabe,
Verlangen,
Sehnsucht,
Liebe.
Als Paula in sie drang, hielt sie inne, blickte Karla in die Augen, und beide wussten, wer sie zusammen waren:
Eins.

Erinnerungen

Karla öffnet die Augen.
Stille.
Regungslos liegt sie da. Sie spürt Paulas Atem auf ihrer Haut. Ruhig. Gleichmäßig.
Die Sonne wirft schmale Streifen unter der halb geschlossenen Jalousie in den Raum.
Karlas Herz verkrampft sich.
Erinnerungen tauchen vor ihr auf. Bilder von kalten Augen, surrenden Reißverschlüssen, vernichtendem Schweigen.
Karlas Körper fängt an zu beben. Die Gesichter der Figuren auf der Kommode werden zu Fratzen.
Plötzlich öffnet Paula die Augen. Sie blinzelt gegen die Sonne, schließt sie wieder.
Ein leichtes Seufzen dringt in Karlas Ohr.
Paula zieht ihren Arm zurück, der quer über Karlas Bauch lag, rollt sich ein Stück weg. Karla erstarrt und schließt die Augen, kämpft Tränen herunter.
Paula nimmt Karlas Arm, breitet ihn aus, legt sich hinein, schlingt ihn um sich, seufzt wieder.
Stille.
Ruhig liegt Paula da, ihre Lippen umspielt ein Lächeln. Karlas Muskeln entspannen sich, ihre Tränen fallen aufs Kissen.

Ende

Danksagung

Ich danke allen Menschen, die an diesem Buch mitgewirkt haben. Ohne Buchcover, Hendrike Zahour, ohne Lektorarbeit, Elke, D. M., R.P., und ohne kreativem Austausch mit tollen Menschen, hätte ich die Verwirklichung dieses Buches nicht umsetzen können.

Herstellung und Verlag:
BoD - Books on Demand, Norderstedt
ISBN 978-3-7412-8898-2